大文豪故事集

good morning

桂文亞——改寫
陳亭亭——插畫

作者序

一輩子都要讀故事！

桂文亞

我自小養成的閱讀習慣，最早得益於家庭教育。

文質彬彬的父親一向重視子女閱讀，童年時期家境雖然清寒，卻捨得為我和妹妹買上一套又一套的各類童話故事書；疼愛孫輩的外婆，更是每到鄉下探親，一定帶來臺北城裡才買得到的《兒童樂園》半月刊。和妹妹爭搶著看完以後，隔壁鄰居小朋友也爭相借閱，書中許多世界經典名著改編的故事，就像一株株小苗，在我們的心靈中，發芽、開花和結果了。

這種看故事書的興趣一旦養成，就變成生活中的一種習慣。就好像一個人，每天非得吃飯、睡覺，否則就沒法子過日子。

小學五、六年級，課堂上安排了「說話課」，老師照例點名幾個「能說會道」的同學上臺說故事，我也列名其中。用語言表達所思所想，其實並不困難。最有效的方法，就是通過課外讀物，加強自己的閱讀興趣和敘述能力，認識更多詞彙和不同意義的表達方式。

就這樣，我從一個愛看故事書的人，成為一個也愛說故事的人。閱讀、思考和寫作，不僅成為我終生學習的興趣和職志，更為生活畫下了繁花勝景！

直到今天，我還是非常愛看故事書，所不同的是，長大以後常看的故事書有個正式名稱叫做「小說」。小說，可說是成人寫給成人看的故事書。雖然，大多數成人看的小說，文字與內容不一定適合小朋友閱讀，可是，仍有很多小說，除了文字的表達比較深奧，內容卻是老少咸宜的。

舉例來說，中國的《西遊記》、《水滸傳》、《三國演義》，和西洋的《俠隱記》（三劍客）、《基度山恩仇記》、《格列佛遊記》，本來並不是為兒童而寫的，可是，裡面的一些片段、情節，實在曲折引人，於是，一些有心人，忍不住就將它們改編成適合少年、兒童閱讀的故事。

從以前到現在，我都喜歡把那些帶給我感動和啟示的故事，講給朋友聽，讓他們也分享我看故事書的樂趣。動筆寫《大文豪故事集》，就是源於這種「共享美好經驗」的動機。我從歐美知名作家的短篇小說中，精挑細選，為少兒讀者重新編選、整理，剪裁，改寫成為完全可以無障礙閱讀的短篇故事。選材來源包括：《普希金小說選》、《芥川龍之介作品集》、《瑪拉末．魔桶》、《泰戈爾短篇精選》、《馬克吐溫短篇精選》、《毛姆短篇小說集》、《世界短篇小說欣賞》、《愛倫坡故事集》、《歐亨利短篇小說選》等等。

至於《小寓言故事集》，則是從中國古典文學篇章中選材，改寫一些有意思的小故事。這背後，同樣也與父親對我的期許，以及童年的閱讀經驗有很深的連結。

我常想：在這個世界上，最疼愛我們和對我們期望最多的，恐怕就是父母吧！至少，我的父親就是這樣一個人。

父親不到二十歲就參加了青年軍，遠離故鄉，轉戰南北，四海為家。因為戰爭以及參軍的緣故，一心向上的父親沒有機會讀正規學校，但也正因為失學的痛苦，格外知道用功和讀書的可貴。父親靠著自修和苦讀，自我養成。他的談吐和氣質溫文儒雅；一筆漂亮的毛筆字和鋼筆字，更是數十年磨練的成績。

大約小學一年級開始吧，父親規定我和妹妹，每天用毛筆寫一張大楷和一張小楷。大約是小學三年級開始吧，每天晚飯後，我得坐在書桌前，隨著父親朗誦唐詩和古文。

現在強調多元價值，「三百六十行，行行出狀元」。然而以前在「萬般皆下品，唯有讀書高」的傳統觀念下，父親對我和妹妹有很高的期許，他能做的，就是把自己自修得來的「學問」傳給子女。

父親「會」什麼呢？他覺得自己「只會」寫幾個毛筆字，「只」讀過幾本古書。夠了！對一個七、八歲的孩子來說，這點兒「學問」，他還應付得了。於是，他開始很認真的，將學來的注音符號，用鉛筆寫在唐詩或古文的生字旁邊，有些注音怪怪的，不怎麼正確，那個七、八歲的孩子，也跟著發出怪怪的聲音：「勿道人之短，勿說己之長……」

仲夏的夜晚，繁星滿天，蛙鳴震耳，隔著竹籬笆，綠紗窗裡，微黃的燈影下，一個圓圓臉的女孩，隨著身旁瞇起眼睛的父親，搖頭晃腦，不知所云的「之」、「乎」、「者」、「也」。

小女孩一天天長大了，有這麼一天，這麼一個機會，無意中翻到一本已經泛黃的書，一頁頁，一篇篇……，一個個似曾相識的故事，躍進眼中，與腦海中某種舊日印象重疊……。

《小寓言故事集》這本書，就是在這樣的心情下，經過翻譯、整理、修正，與讀者見面的。感謝父親，為「我的童年」和「你的童年」，做了一次最有意義的串聯。

字畝文化的「早安！經典」書系，以出版適合中小學生晨讀的短篇讀本為目標，將《大文豪故事集》、《小寓言故事集》這兩本書納入其中。這兩本故事集所收的故事，曾在聯合報系民生報兒童版刊載，也曾出過單行本。不過，這次字畝精心編製的新版本，與早年版本很不一樣，不但篇目經過調整，也特別增補了新的故事，並邀請新生代插畫家繪製生動插畫，讓讀者耳目一新！一篇篇讀下來，不僅打開美善視野，更獲得知性和感性上的心靈洗禮。

祝小讀者們「腦洞全開」，快樂閱讀，走進迷人的經典寶庫！

P.S.《大文豪故事集》共有十八篇故事，前十六篇故事的原著作者都是大文豪；最後兩篇的原著作者卻已不可考，原本計畫刪除；但是一個轉念，還是保留吧。但凡能夠寫出好故事的作者，應該都是值得我們鼓掌的作家，不是嗎？

目錄

漁夫與金魚

原著／俄國．普希金

從前，有一個老頭兒和老太婆，住在海邊的一間破舊小泥房子裡。老頭兒每天出去撒網捕魚，老太婆就在家裡紡紗織布。

有一天，老頭兒往大海裡撒網，網到了一條會說話的金色的魚。金魚苦苦哀求他：「老爹爹，把我放回大海吧！為了贖回我自己，我答應給你任何報酬！」

老頭兒捕了三十三年的魚，從來沒有聽過魚會說話，但是他一點也不害怕，反而很親切的說：「金魚！我不要你的報酬，回到蔚藍的大海裡去吧！在那兒你可以自由自在的漫遊。」

好心的老頭兒回到家，把經過告訴老太婆。

「你這個蠢貨！你這個傻瓜！」老太婆指著老頭兒就罵：「居然不要報酬！就是問牠要一個木盆也好，我們的木盆，已經完全破得不像話了。」

於是老頭兒就走向波濤微揚的海邊，輕輕呼喚金魚。金魚向他游過來，問道：「你要什麼，老爹爹？」

老頭兒對牠行個禮，說明原因。

「用不著悲傷，回去吧！你們馬上就會有新木盆。」金魚回答。

老頭兒回到家，看見老太婆果然有了一個新木盆。可是老太婆罵得更厲害：「你這個蠢貨，你這個傻瓜！一個木盆才值多少錢？滾！回到金魚那兒去，問牠要一座木房子。」

於是他就走向蔚藍的海邊，開始喚出金魚，很抱歉的說出老太婆的要求。

「用不著悲傷，去吧！你們會有座木房子的。」

他走向自己的小泥屋，小泥屋無影無蹤，在他面前，是一座有閣樓的木房子，裝著磚造的白煙囪。老太婆坐在窗下，更嚴厲的指著丈夫痛罵：「你這個蠢貨！你這個傻瓜！只要了一座木房子，滾回去！向金魚行個禮，我不願再做低賤的農婦，我要做世襲的貴婦！」

老頭兒只好回到海邊，請求金魚答應老太婆的要求。

老頭兒回到老太婆那兒去，你猜他看見了什麼？

老太婆正站在臺階上，身穿名貴的貂皮披肩，頭戴繡金的裝飾，珍珠掛滿頸項，手指環戴著金戒指，腳上還穿著一雙紅色的小皮靴。在她前面的，是忠心的奴隸；而她正揪住他們的頭髮，用勁抽打。

「你好嗎，尊貴的婦人？你現在總該滿意了吧？」

老太婆罵了他一頓，把他派去馬房當看馬的。

一個星期又一個星期過去了，老太婆的壞脾氣變得更厲害，她派老頭兒再到金魚那兒，因為她不想做貴婦，要做個唯我獨尊的女王。

「你怎麼了？難道是發瘋了？女王怎麼走路、怎麼說話，你都不會，你要惹得全國上下都笑你不成？」

老太婆氣得打了老頭兒一個耳光：「土佬兒！你怎敢和我這個世襲的貴婦吵嘴？滾！你不去，也得去！」

老頭兒跑向大海，原本蔚藍的海水已經變得陰暗起來。金魚仍舊答應了他的要求。

老頭兒回去了，你猜他看見了什麼？

他看見老太婆坐在寶殿裡。她做了女王，侍奉她的都是大臣，喝著美酒，吃著山珍海味，還有一群威風的衛兵站在周圍，肩上都扛著利斧。老頭兒一看，不禁有些害怕，連忙雙膝跪下：「你好嗎，威嚴的女王？你現在總該滿足了吧？」

老太婆看都不看他一眼，就吩咐左右把他趕走。他逃到大門口，差點沒被衛兵的利斧砍死。

「老糊塗，真活該！一個人應該安守自己的本分！」大家都在嘲笑他。

一個星期過去了，老太婆又派人來找他：「滾回去，向金魚行個禮，我不願再做陸上的女王，我要做海洋的女霸王，生活在大海上，讓金魚聽我的差遣！」

老頭兒不敢違抗，於是走向海邊。他看見海面起著黑夜的大風浪，波濤翻騰。老頭兒喚出金魚，金魚聽了他的要求，什麼話都沒有說，只用尾巴在水裡一划，就游進深深的大海。

老頭兒等不到回音，只好回去。

他看見，老太婆坐在從前那間小泥房的石階上，放在她面前的，還是那個破木盆。

認識大文豪

普希金是俄國最偉大的民族詩人、作家，一七九九年六月六日生於莫斯科，一八三七年去世，年僅三十八歲。為了紀念這位俄國文學之父，他的生日成為俄國的詩人節。

普希金從小喜歡讀書，八歲開始寫詩。俄國大文豪托爾斯泰（《戰爭與和平》的作者）也讚美他的詩質樸而渾然天成。

這篇〈漁夫與金魚〉，其實是一首長達二百零八行的寓言詩，經改寫成故事。普希金寫出人性的貪婪，往往是無止盡的，而且貪心的人不會有好下場。

牧師和工人巴爾達

原著／俄國．普希金

從前有個牧師，是個標準的傻瓜。你想知道原因嗎？

有一天，他到市場上買東西，迎面來了個名叫巴爾達的年輕人，正想找一份工作。

「老爹，你這樣早就起來啦？想買些什麼呀？」

牧師回答說：「我需要一個工人，兼做廚子、馬夫和木匠。像這樣一個工錢不太貴的工人，叫我哪兒去找？」

「我來替你做事吧！我的工作能力聒聒叫，既誠實又熱

心，每年只要讓我在你額頭上敲三下當做工錢，就可以了。至於吃呢，只要有煮得軟糊的小麥就行了。」

牧師想了又想，覺得很划算，就答應了。

巴爾達在牧師家裡，每天天還沒亮就起身勞動，套上馬，耕好田，生起爐灶，既要煮粥，又要帶小孩。他睡在麥草上，吃四個人的飯，做七個人的工作，非常勤勞，大家都很喜歡他。

只有牧師一個人不喜歡他，時時想著算帳的日子即將來臨。他的額頭早就發出裂響，天天吃也吃不飽，睡也睡不好。

結果他想出一個辦法，要巴爾達去做一件做不到的事情，就是去向魔鬼討錢。

巴爾達就跑到大海邊，搓起一截繩子，把其中一端浸到海水裡。一個老魔鬼從海裡爬出來。巴爾達說，如果魔鬼不給一筆錢，他就要用繩索掀動大海，好叫他們全體抽筋。

魔鬼只好派他的小孫子來談條件：「我們當中誰沿著海邊跑得最快，誰就拿走全部的錢。」

巴爾達答應了，他走進附近的樹林，捉了隻兔子裝進口袋，讓兔子代替他比賽。

一，二，三，小鬼和兔子一齊飛奔，小鬼沿著海岸跑，兔子溜回森林之家。等小鬼累得半死到達目的地，正看見巴爾達在撫

摸著小兔子。

小鬼非常恐慌，垂下尾巴，要老魔鬼想想辦法。「聽著，你看見這根棍子嗎？你隨便選一個目標，誰把棍子擲得最遠，錢就是他的。」

「我在等候天上的雲，要把棍子擲到那兒，然後把你們痛打一頓！」

魔鬼又輸了。輪到巴爾達提出條件：「你看見那邊的一匹灰馬嗎？你如果能把牠舉起來，帶牠走半公里，錢就全歸你，假如你抬不動，錢就全歸我。」

可憐的小鬼，使盡全身力氣也辦不到。

「你這個傻瓜！你用手都不能把馬舉起。瞧吧，我只用腿

就把牠夾起來！」巴爾達騎上馬背，跑了半公里。

小鬼輸了，只好收集了一口袋的錢交給巴爾達。

巴爾達繳了錢給牧師，開始要求工錢。

可憐的牧師，只好伸出額頭給他敲三下——第一下，牧師飛上天花板；第二下，被敲得不能說話；第三下，被敲成了傻瓜。

「做人還是別只想佔人便宜吧！」巴爾達說。

故事留聲機

這個寓言故事原是一首寓言詩，是普希金在一八三一年寫的，現在讀來，內容還是很有趣。可見好的作品，就像珍珠，不會因時間久了就變黯淡，反而愈陳愈光。

除了詩歌，普希金的散文小說，也是俄國文學傑出的代表，例如〈黑桃皇后〉、〈上尉的女兒〉等，簡潔生動，結局精采。

鼻子

原著／日本·芥川龍之介

禪智內供有一個奇怪的鼻子，形狀是鼻尖和鼻根一樣粗，五、六寸長，就像一根臘腸，從上嘴唇一直掛到下巴的下面，看起來真是可笑極了。

禪智內供已經年過五十，而且還是出名的高僧，內心卻始終為這個鼻子所苦。只要沒有人的時候，就一徑對著鏡子猛照，一下子用手捏捏面頰，一下子用手指抵住下巴，希望這個長鼻子看起來能比實際短一點。

在日常生活中，長鼻子也的確給他帶來不方便。就拿吃飯這件事說吧，一個人吃，鼻尖老是碰到碗裡的飯粒，所以得要一個徒弟坐在飯桌對面，當他吃飯的時候，便舉著一塊木板，替他把鼻子挑起來！有一次，寺廟中的一個小徒弟代替這個徒弟的工作，沒想到，打了一個噴嚏，手一顫動，竟把內供的鼻子掉進稀飯裡！這一件事，當時曾經喧騰

了全京都，大家都笑死了，還諷刺內供是因為長了個長鼻子娶不到老婆，才出家做和尚的。

老實說，內供最以為苦的，還是這個鼻子傷害了他的自尊心。他並不認為做了出家人就能減少鼻子給他帶來的煩惱，所以想盡各種法子試圖恢復被毀損的自尊心。

譬如喝烏瓜湯啦，用老鼠尿擦鼻子啦，只要一有人提供偏方，一定照單全收，可是都沒效，鼻子仍舊長長的懸在嘴唇上。

一年秋天，一向服侍內供吃飯的小徒弟，從醫生處聽來了一個縮短鼻子的方法，就是用熱水浸鼻子，再叫人用腳踏鼻子便成。內供裝著漠不關心的樣子，其實很想試試看。小徒弟看出他的心意，便一旁幫腔。內供順水推舟，當然同意了。

於是，徒弟便把滾燙的水裝在木桶子裡，上面蓋著一只裝菜的木盆，中間挖一個洞，內供便把鼻子穿過洞孔，浸入熱水中。

鼻子經滾水一蒸，像被跳蚤咬了一樣的發癢。等拔出來以後，徒弟便用兩腳踩在那熱騰騰的鼻子上，使勁的踩踏。

「痛不痛呢？」徒弟同情的問。內供躺在地上，鼻子被踩住了，沒法子搖頭，只好向上倒視，盯著徒弟生了凍瘡的腳底板，沒好氣的回答：「不痛！」

踩了一會兒，鼻子上爆出一粒粒豆子樣的玩意兒。徒弟便依著方法用鑷子把它一一拔除：「再蒸一次就成了！」

鼻子——這個蒸過第二次的長鼻子，竟然奇蹟似的萎縮了！看起來，與一般的鷹勾鼻，已經沒有多大差別了！

內供真是太高興了，整天只要一有空，就偷偷去摸鼻子，生怕它忽然又變長了。

可是，過了兩三天，內供卻發現了意外的事實。那就是凡是看見他的人，都顯得一副吃驚的樣子，而那些寺裡的法師，面對面的時候看起來很恭謹，只要他一掉頭，便嗤嗤的偷笑。以前沒有笑得這麼厲害，現在是怎麼回事？內供感到很納悶，脾氣一天天的壞了，不論對誰，開口便喝罵。

一天，傳來一陣慘厲的叫聲。內供出去一看，原來是曾經把他鼻子給掉進稀飯裡的那個小徒弟，竟用以前那塊用來挑鼻

子的木板，追打一隻狗，口裡還嚷著：「打牠的鼻子！打牠的鼻子！」

內供非常惱恨自己把鼻子弄短了。

一天夜裡，年老的內供失眠了。當他在被窩裡翻來覆去時，偶然覺得鼻子癢癢的、濕濕的，還有點浮腫發燒的感覺。第二天，他和平時一樣早起，一種快要遺忘的感覺，卻回到他身上來了。

內供慌忙用手去摸鼻子——咦？從上唇的上方到下巴，拖下來有五六寸長，是以前的長鼻子！又變回來了！他有一種「如釋重負」的快樂：「這樣，該不會有什麼人再笑了吧？」

內供心中悄悄私語，把長鼻子擺盪在破曉的秋風裡。

認識大文豪

芥川龍之介生於西元一八九二年，死於一九二七年，東京人，在日本文壇有很高的地位。

〈鼻子〉這篇故事，表面上看起來雖然很可笑，實際上，作者藉這個可憐的和尚，點出人類的自私心理，當別人遭遇不幸時，予以取笑，雖然也有人表示了同情，但是一旦那人擺脫了不幸，反而又感到不舒服。

《羅生門》、《地獄變》、《鼻子》等都是他的經典作品，也出版過童話集《三個寶貝》。

紙牌王國

原著／印度．泰戈爾

一

很久很久以前，海上有個孤島，島上有個紙牌王國，他們的成員是國王、皇后、么點、傑克、十點、九點、兩點、三點，和其他的人民。其中，么點、皇后、國王和傑克是最尊貴的種族，其他比較低等的牌民，不能和他們平起平坐。

這裡的法令規章很奇怪，除了分派給每個人的工作，他們從來不做別的事。他們總是無精打采地向前走著，凡事不大用腦思考，就算跌到了，也不吭聲，臉朝著天，呆呆的。

這就是紙牌王國，從來沒有發生過騷動和暴動，也從來沒有發生過什麼興奮和熱情的事件。

二

距離紙牌王國很遠很遠的地方，有個年輕的王子，他和母親住在海邊。王子經常幻想著海外奇妙的世界，他一心想去尋找飛馬、眼鏡蛇腦袋中的寶石、天上的玫瑰花、會變魔術的路，和不知名城堡裡美麗的公主。

終於有一個機會，王子約了兩個好朋友，離開自己生長的地方，準備到遙遠的地方冒險。他們乘船航行了許多年，船上滿載了海螺、檀香木、象牙、麝香、丁香和荳蔻；但是在一次暴風雨中，這艘船觸礁失事了。

王子和朋友幸運的被海水沖到一個島上。這個島，就是傳說中有名的紙牌島。

三

紙牌島一向平靜，現在突然闖進三個陌生人，大家緊張之餘，也議論紛紛。

這三個人都是沒有階級之分的陌生人。他們到底是貴族？平民？還是奴隸？他們的皮膚是像紅心牌那樣紅？還是像黑梅花牌那樣黑？他們跟誰一起吃？跟誰一起住？如果問題處理不當，島上的秩序和法令，都會受到影響，那可怎麼得了？

正當那些紙牌在討論個沒完沒了的時候，這三個人就在島上亂逛。他們餓得要命，找到什麼就吃什麼，隨便拿起杯子就喝。

「兩點弟弟，這些人簡直不要臉！」三點大驚失色的說。

「三點哥哥，他們的等級顯然比我們還低！」兩點表示同意。

更令紙牌人民受不了的是，當這三個年輕人看見他們一本正經、嚴肅安靜的列隊向前走的時候，竟昂頭大笑起來！笑聲沿著皇家大道、么點廣場到傑克坡堤，一路響起來，令他們覺得很不自在。

「你們為什麼這麼不守規矩呢？」紙牌國的人問。

「因為我們高興這樣嘛！」

「『高興』？請問『高興』是什麼呀？」紙牌王國的人民似乎作了一輩子的夢，忽然醒了，他們逐漸有點明白了。「高興」不是許多規定所能約束的，就拿簡單的走路來說吧，不一定要死盯住一個方向，朝相反方向走也行啊！

在這以前，紅心皇后是一向面無表情的，可是一個春天的下午，她忽然把兩道黑眉毛往上一揚，櫻桃小嘴微微一噘。

「天哪！」王子叫了起來：「我原本還以為她是畫像呢，原來是真正的女人哪！那對又黑又亮的眼睛，是多麼美麗有感情！」

也就是從那天開始，紅心皇后開始把所有的法令規章都給忘啦。譬如她本來應該站在傑克旁邊的，但是碰巧站在王子旁

邊，傑克嚴厲的糾正她：「皇后，您站錯了！」

王子就勇敢的爲她辯解：「這有什麼關係呢？從今天起，就由我來代替傑克好啦！」

而當每個人都想糾正別人錯誤的時候，自己也犯起錯誤來了。有意無意，他們站錯了位置，好像是在表示：「我們一律平等，誰也不比誰高貴或低賤！」他們原本那種呆板的生活有了很大的改變，那種一本正經、端莊嚴肅的表情也逐漸有了變化。

這個島上春去秋來，年年都可以聽到杜鵑的啼叫，聞到玫瑰的花香，看見淘氣的南風在吹，閃爍的波濤在翻騰。可是，也從來沒有一年像今年這樣，空氣中充滿了音樂和嘆息的聲

音，也充滿了微笑的眼淚。杜鵑、玫瑰、南風、波濤，令紙牌王國的人民覺得格外美妙、感動！

熱鬧的音樂像風一樣響遍了島上的每一個角落，到處都有人在嬉戲玩樂、談笑風生。做好人、做壞人，或者做既好也壞的人，從此以後，就完全由他們自己選擇。

「紙牌王國」這個名稱，就這樣，逐漸的讓人遺忘了。

認識大文豪

泰戈爾是世界知名的文學家，也是哲學家和社會改革家，一八六一年生於印度，一九四一年病逝於故鄉加爾各答。他是亞洲第一位榮獲諾貝爾文學獎（一九一三年）的作家，作品非常豐富，以詩為主，也有劇作、小說。著有詩集《漂鳥集》、《新月集》等，富含哲學意味。

〈紙牌王國〉改寫自《泰戈爾短篇小說集》。

菩提樹

原著／德國．赫曼．赫塞

很久很久以前，有三個兄弟，感情非常好。

一天晚上，他們的小弟獨自外出，要和一位小姐約會，但是當他還沒有到達約會地點的時候，忽然聽見路邊黑暗角落裡，傳來痛苦呻吟的聲音。走近一看，原來是一個臥在血泊中的人，心臟正中插了一把刀！他立刻把那個人抱起來，還來不及問話，那人就死了。

小弟還沒想到是否應該求救，或者悄悄離開現場的時候，正巧走來了兩個警察，看見他鞋子和衣袖上沾滿血跡，就把他抓起來。

第二天早晨，法官偵訊了他。很不幸的是，在口供之前，他已經說了不認識死者，對死者一無所知，可是光天化日之下，小弟才看清楚那個死者竟是以前的同事，彼此還吵過架，因而斷絕了來往。這樣一來，嫌疑是很難洗刷了。

案發期間，大哥正出外辦事，只有二哥知道小弟出事了。

「法官，」他趕到法院，「你們拘捕了一個無罪的人，釋放他吧！事實上，我與那個人有仇，人是我殺的，我才是凶手！」

法官爲了查明真相，便把二哥也給關了起來。

兩天以後，大哥回到家裡，知道兩個弟弟出事了，立刻趕到法院，跪在法官面前說：「賢明的法官，你把兩個無罪的人冤枉了。他們自願爲我的罪而受苦。我才是真正的凶手！請釋放他們，我願爲殺人而償命！」

到底誰是真凶？法官也糊塗了。

「這真是奇事！我相信這三兄弟之中沒有一個是凶手，但

是事關人命，我不能放了他們。這件事，只有請求上帝的審判。」

那時正是春天，風和日暖，三兄弟被帶到一處草地上，每人分配一株菩提樹的幼苗，規定他們根部朝天，綠苗種進土裡，哪一棵先枯萎了，就被判定是凶手要處死。

兄弟三人分別掘土種樹，把枝葉埋進土裡。但過了不久，三株菩提樹都開始生根並長出新葉——那是三兄弟無罪的象徵！

菩提樹越長越繁茂，廣大而交錯的枝幹，如同大廈的屋頂，把整片草地都掩蓋了，一直到好幾百年後，仍舊碩大遮天。

認識大文豪

赫曼．赫塞是世界知名的文學家，一八七七年生於德國，一九四六年諾貝爾文學獎得主，經典作品包括《徬徨少年時》、《流浪者之歌》等，在童話創作方面，也下過很深的功夫。八十五歲那年，因腦溢血於睡夢中逝世。他從小就立志成為詩人，少年時，曾當過機械師學徒和書店學徒，作品豐富，深具內涵。

減肥記

原著／英國・毛姆

蕾曼、莎萊和赫孫三位女士，都是年過四十的中年婦人，她們的共同特點是：單身，富有，而且很胖。

莎萊有個奇怪的外號叫「箭」，在她年輕苗條的時候，聽起來到挺合適，可惜，她那曾經美好的身材現在已經臃腫不堪，「箭」這個名字喊起來，可真有點諷刺意味呢！

「箭」喜歡和蕾曼、赫孫做朋友，是因為她倆比她更胖，可以顯出她「比較苗條」。至於她們三個人成為好朋友的原因，就是因為在同一個醫生處減肥，又同時受到醫生不客氣的對待。

蕾曼是個大塊頭，最愛吃麵包、牛油、馬鈴薯和奶油布丁，一年十二個月有十一個月想的都是好吃的東西：「不然，活著還有什麼意思呢？」可惜，爲了減肥，她吃什麼都得節制。

至於赫孫，她有

一張扁平的臉，身體壯得像條牛，喜歡男裝打扮，個性爽直，減肥的意志力比其他兩個朋友強得多了。

三個人總是一塊兒喝茶、散步，一塊兒吃醫生配製的食物。她們嚴格執行減肥計畫，互相監視，互相勉勵，每星期有兩天，她們除了煮雞蛋和烤馬鈴薯，什麼也不多吃。減肥逐漸有了效果，每天早晨站在磅秤上都覺得心情愉快。

可以這麼說吧！把她們帶到一起的是肥胖，使她們團結的，卻是橋牌。她們是牌迷，每天治療時間一過，便坐到牌桌上，如果不是打橋牌需要四個人，她們簡直不要和其他人打交道。只是，好搭檔是那麼難找，不是笨得像傻瓜，就是慢得令人發瘋。

一天早晨，她們一面喝著不放牛奶和糖的茶，一面吃著特別配製保證不發胖的乾麵包。赫孫忽然抬起頭說，她有一個叫麗娜的表嫂，兩個月前死了丈夫；她想請麗娜來住兩個星期，彼此做個伴。

「她會打橋牌嗎？」蕾曼最關心這件事。

「會打得要命！有她加入牌局，再好不過了！以後我們可以不必再找外人了。」赫孫說。

「她多大年紀？」莎萊說。

「和我們差不多。」

好極了！事情就這樣決定了。三天之後，麗娜來了，一見面之下，其他兩個人都吃了一驚：「你怎麼這樣瘦哇！」

「最近遭遇的變故使我瘦了很多。」麗娜說。

三個人同時嘆了一口氣，不知是同情還是羨慕。

吃飯的時候，麗娜把餐桌兩小塊脫脂麵包乾放進盤子，順口說道：「給我點麵包好嗎？」

這句話聽進三個胖女士的耳朵，簡直引起一陣震驚，她們三個人都有十年之久沒有吃過麵包了。

「好的。」赫孫禮貌的轉身吩咐廚子。

「還要點牛油。」麗娜漫不在意地又加上一句：「只要有麵包、牛油、馬鈴薯和奶油，我就很滿足了。」

廚子拿來長長的法國麵包，麗娜把它折成兩截，塗上一層厚厚的奶油，吃最後一道蒸梨的時候，更是不斷的加上砂糖。

三個朋友互相交換了一個不悅的眼色。她們今天的菜單是焦乾的烤魚、剔去肥肉的碎羊肉和淡而無味的蒸梨。

「你從來不顧到自己的身材嗎？」莎萊冷冷的問。

「不，我不會。你知道嗎？吃什麼都不會使我發胖。我想吃什麼就吃什麼。」麗娜笑著說。

這天晚上，麗娜就寢之後，三個胖女士聚在赫孫的房間裡，一肚子怨氣的批評。

「坐在旁邊看她大吃那些我特別愛吃的東西，實在過分！」蕾曼滿臉怒容。

「我可不願意坐在這裡兩個星期看她狼吞虎嚥！」莎萊一臉痛苦表情。

「為什麼她不能和我們一樣？她是客人哪！」

兩個人你一言我一語，不知怎的，竟把氣出在赫孫身上：

「哼！我們睡了之後，你就到廚房偷吃，以為我不知道嗎？要不，你的體重怎麼總不減輕啊！」

赫孫小姐聽了氣得臉色發青，哭了起來。

以後兩個星期，她們表面上照常說笑，竭力發揮著女性特有裝假的天賦，內心卻到了爆炸的邊緣。尤其是當她們看著麗娜若無其事的吃著油滾滾的通心麵、油糕、奶油豌豆、各式各樣的馬鈴薯和雞尾酒的時候……。

不僅如此，麗娜還是一等一的橋牌高手。她贏的紀錄一天天增高，幾乎從來沒有輸過！她們三個開始互相忌恨、爭執，

脾氣壞到無以復加的地步。

難道這個世界沒有公道嗎？

兩個星期像一個世紀般漫長，麗娜終於高高興興的結束了假期。她贏走了一大筆錢。

赫孫小姐目送她坐的那班火車離開月臺，不由得重重吐了一口氣，說了句：「謝天謝地！」

可是等她回到海邊別墅，另一番景象令她目瞪口呆。

「蕾曼！你在做什麼？」她低沉的怒吼。

「在吃東西！你沒看見嗎？」在蕾曼的面前，擺著麵包、牛油、果醬、咖啡和奶油，她正在那兒自顧自的大吃特吃。

「你不要命啦？」赫孫小姐說。

「不管了。」蕾曼滿嘴食物：「都是你不好，要怪那個女人。現在無論如何我要大吃一頓了。」

淚水湧上了赫孫小姐的眼，她嘆口氣對著侍者說：「我也要同樣來一份！」

她也開始狼吞虎嚥的吃起來。

「天哪！你們這兩個畜生！兩隻豬！」第三個發現者莎萊，走了進來，高聲狂喊，順手拉過一把椅子坐下來：「來人！」

「這兩位要的東西，給我來雙份！」

她們誰也不說話，一本正經，狂熱無比的大吃特吃。真誠的友誼重新在她們心中升起。對於這麼令人滿意的友誼，竟曾經一度被破壞，她們自己想想，都覺得難以相信。

認識大文豪

毛姆是英國人，一八七四年在法國巴黎出生，由於童年時父母相繼過世，只好寄居在當牧師的叔父家，度過他孤獨的少年時光。

毛姆曾經在倫敦的聖．湯姆斯學院攻讀，雖然取得醫生執照，卻從未正式開業，而是埋首寫作。他寫了很多劇本、小說，以長篇小說《人性枷鎖》、《煎餅與麥酒》最為知名。對人性描寫入微，觀察細膩深刻，是毛姆作品的特色。

逃獄驚魂

原著／法國・亞當・李斯雷

阿巴班納是一位猶太學者，因為宗教信仰的問題，被異教徒以放高利貸剝削窮人的罪名，關進監牢裡，一年多來，幾乎每天都受著殘忍的折磨，但不論多麼痛苦，就是不肯背棄他的宗教信仰。

某一天黃昏，異教徒大審判官阿凡士，在兩名掌燈人的引導下，來到一個地牢裡。那笨重的門咿呀一聲揚開，在昏黃的燈光下，可以看見牆腳下有一張血跡斑斑的老虎凳，一個火盆

和一只水壺。形容枯槁的阿巴班納，正戴著沉重的腳鐐和鐵枷，穿著一身破爛衣服，跌坐在一堆亂草上。

阿凡士走近那全身顫抖的犯人面前，以極溫和的口氣對他說：「你在地牢裡所受的考驗，即將結束。由於你如此頑固，我只好遺憾的核准了死刑的處置。希望你今晚能平靜的睡一個好覺，明天，你的靈魂就可以與上帝相見了。」

說完這幾句話，阿巴班納的鐐銬被打開，眾人一一與他吻臉告別。

阿巴班納頭昏眼花，口乾舌燥，空洞的望著門牆之間的一道狹縫。細細的光線正從縫口透了進來，使他心中產生了一種模糊的幻想。大概是神智不清，他居然興起一絲希望，吃力的

朝那道門挪動過去。然後，輕輕的，慢慢的試著去拉那扇木門。天哪！大概是掌燈人在關門時疏忽了，門竟然沒有關好！微弱的一線生機像火苗般逐漸燃燒。他探頭向外時，他看

見的是一道半圓形的牆，沿牆有一道盤旋的樓梯，樓梯上端，有一個黑忽忽的門，通往不知何處的走廊。

在一片昏暗恐怖之中，阿巴班納拖著傷痕累累的身體，吃力爬行。不錯，這確是一道走廊，每隔一小段距離，就懸著一盞油燈，一種腐敗潮濕的氣味充塞著他的呼吸器官。在幾近窒息的劇烈心跳中，他仍不忘祈禱，他相信所信仰的上帝會拯救他。

突然間，他聽到一陣腳步聲由遠而近。這可把他嚇壞了，他拚命的把身體緊貼牆腳，遠看就像一堆爛泥。

一個獄吏手裡捧著一件形狀可怖的刑具，匆匆經過他的藏身處，又消失在黑暗中。阿巴班納因驚嚇過度而癱在原地，幾乎一個小時不能動彈。但是絕望中的希望像一股潮水，逼得他不得不爲自己的生存冒險。他又開始了這段艱難的逃亡旅程。

不好！又有人來了！

過了一會，黑暗中出現了兩個身穿黑白袍服的審判官，他們正在低聲交談，朝他面前走來。阿巴班納再度縮在牆腳下，張大著嘴，汗水像瀑布一樣浸透全身。

兩名審判官在他面前的燈光下站定。他們好像在爭論某個重要問題，其中一個人，一面聽，一面把眼光落在他的身上；而另外一名審判官的寬大衣袍的下襬，也正拂在他的腳上。

奇怪的是，阿巴班納居然沒有被他們發現。想必是討論得太專注了，注視的焦點雖然集中，卻是「視若無睹」。

雖說有驚無險，可也把這個可憐的逃亡者嚇得近乎崩潰邊緣了。

終於，阿巴班納沿著長廊，隱入這條可怕地道的黑暗部分。而突然間，他那放在石板上的雙手，似乎接觸到一陣冷風。原來，就在不遠處，有一扇小門，冷風就是從那兒鑽進來的！他奮勇的爬向前去，用手推門，天哪！這門居然毫無聲響的應手而開。

「上帝保佑！」阿巴班納終於站在一片毫無阻擋的土地上。在蒼茫的夜色中，鄰近的村莊，遠處的山脈，甚至檸檬的花香！是那樣芬芳可愛的召喚他！

他深深呼吸著新鮮的空氣，他的肺部擴大，心情激動，自

由！他高舉雙臂，望著無垠的穹倉，正要讚美，正想歡呼！

一個巨大的影子出現了。緩緩、緩緩的像車輪般向他輾來，是阿凡士審判官！

這個身穿黑袍的審判官，像一個牧羊人找到了他走失的羊，張開衣袍擁住了他。

「怎麼？我的孩子，你想在解脫的前夜，離我而去？」

阿巴班納喘著氣，癱在審判官的懷裡。他心中開始明白，他今晚所經歷的一切，就是傳說已久，而且令人心神俱喪的一種刑罰，叫做「希望之刑」！

認識大文豪

亞當．李斯雷是法國人，一八三八年生於英國，是一位浪漫的貴族，生性自由，不喜歡受拘束，曾經以絲帶繫著一尾龍蝦，在巴黎街頭招搖過市。別人問他爲什麼要這樣做，他的回答是：「因為龍蝦不會叫，也不會咬人，而且牠懂得海洋的奧祕！」〈逃獄驚魂〉取材自他的短篇小說集《殘酷故事選集》。

奇幻的夢境

原著／美國．馬克吐溫

仲夏深夜，我坐在門口的臺階上乘涼，四周寂靜無聲，只有遠處偶爾傳來一兩聲輕輕的狗吠聲。

不久，空無一人的街上，傳來一陣像是骨頭互相摩擦的「咔嚓！咔嚓！」聲音。抬頭一看，竟是一個高高的骷髏，紮著頭巾，身上披著一件破爛的衣服，露出胸前一根根肋骨，踏著大步從我前面走過，漸漸消失在朦朧的夜色裡！

我的腦筋還沒轉過來，又傳來一陣「咔嚓！咔嚓！」的聲音，又是一具骷髏！肩上扛著一具腐朽的棺木，手裡拿著一個包裹，居然用那下陷的眼穴望著我，朝我咧開嘴微笑呢！

「咔嚓！咔嚓！」又出現了一個。這個骷髏先生，弓著身體，背上背著一塊很重的墓碑，很有禮貌的走到我面前，朝我一鞠躬，說道：「看在上帝的分上，請幫我把背上的東西拿下來好嗎？」

我可不敢拒絕，立刻照著他的吩咐，解下他背著的墓碑，放在地上。骷髏先生在我身邊坐下，用手擦擦大頭骨

和額頭，再把左腿搭在右腿上，順便用一根地上撿來的鏽鐵釘，不經意地刮著腳底的骨頭。

「究竟發生了什麼事？大搬家嗎？」我鼓起勇氣，假裝輕鬆的問。

「唉，我們住在離這裡不遠的一個古老骯髒的墓地裡——住在那種地方，不論是誰，都會不愉快的。」骷髏先生嘆著氣：「我們住在那裡已經三十多年了。三十年前，那裡真是一處舒適的住家，四周開滿鮮花，微風不停吹送，小鳥在樹梢唱歌，松鼠在草地上捉迷藏。子孫也很爲我們著想，附近的環境整理得乾乾淨淨，人行道上還鋪上美麗的鵝卵石，墓碑始終完整如新……。」骷髏先生說到沉醉處，還用那不帶肉的手拍了

我一下，把我嚇了一大跳。

「誰知，好景不常，我們的子孫逐漸把我們忘記了，任我們在荒蕪的墓地裡腐朽，墓碑的字跡風吹日晒，模糊不清，住處四周更是蔓草叢生，任鳥獸踐踏。尤其寒冬的雨夜，我們不得不離開漏水的墳墓，爬到樹上躲雨。每當冷風吹過，我們的筋骨就會發出『咯！咯！』打顫的聲音，如果我們再不搬家的話，就要眼睜睜看著所有的東西給破壞了……。」

骷髏先生吃力的站起身來，把墓碑背好，又嘆口氣說：

「你也不必把這些話告訴別人，因為除了我們的子孫，根本就不會有人相信你的話！」

說完，他向我道聲再見，再度加入那個可怕的搬家行列

——幾乎是整夜，這些無家可歸的可憐骷髏，背著沉重的行囊，一個接一個從我面前走過去！

認識大文豪

馬克吐溫是美國文學史上最著名的作家之一，本名是塞姆爾．蘭霍恩．克萊門斯，曾經當過印刷廠學徒、記者，一八三五年出生於美國密蘇里州，一九一〇年去世。《湯姆歷險記》、《頑童流浪記》、《密西西比河上的生活》，是他家喻戶曉的代表作品。作品數量豐富，以幽默著稱。

他用馬克吐溫做為筆名，到底有什麼特別的含意呢？

年輕時，他在密西西比河的船上當過駕駛員。在這條河上航行的船，隨時都要注意水深，水深四公尺以上，航行才安全；因此，報告水深的喊聲不絕於耳。而「馬克．吐溫」的意思，就是水深達到「兩尋」（四公尺左右），也象徵他的早年生活。

友誼長存

原著／美國・馬克吐溫

很多年以前，我來到斯塔尼河畔，無意間在離河畔不遠的地方，發現了一棟孤立的小木屋。在我輕叩房門之後，一個年約四十五歲的男人，很熱情的邀請我進去。

過去幾個星期以來，不分日夜，我都生活在簡陋、擁擠的工寮裡，睡的是骯髒潮濕的床鋪，吃的是千篇一律的醃肉和黑咖啡。而我現在做客的地方，家具雖然都很廉價粗糙，卻給人極舒適、安謐的感覺。

色彩柔和的壁紙，色澤鮮明的綠色桌椅、小酒櫃，書架上的貝殼項鍊、陶瓷花瓶……，一眼就可以看出，這是出自某個女性精巧的手藝。

「這都是我太太親手布置的呢！」主人的語氣中含有無限愛憐和驕傲。說完以後，還以充滿愛意欣賞的眼光環視房內一圈。

從房子一塵不染的情形看來，女主人必定是一位靈巧而且喜愛整潔的女人。我隨著主人參觀每一個布置得雅致美麗的房間，讚不絕口。然後，我的視線落在壁爐架上一個黑色胡桃木做成的小相框，裡面是一張可愛少女的相片。

「那是她十九歲生日時照的。」主人笑著解釋：「我們就是那天結婚的。如果你能見到她……啊！對了，在她回來之前，你不會走吧？」

接著，主人熱誠的挽留我，說是太太回娘家去了，星期六晚上九點以前會回來，一定要我認識他那個賢慧的太太。我答應下來了，心裡也確有一絲期盼。

第二天星期四，一個溫文有禮的老礦工，從三哩外的地方來到這裡拜訪老朋友。

「你太太什麼時候回來？星期六晚上的宴會照常舉行吧？」

「啊！當然。她還來了一封

信。湯姆，要我念給你聽嗎？」

這個名叫亨利的男主人，小心翼翼的從箱子裡拿出一封信，先說明私人部分不念，其他大部分都念出來了。我看到信上的字跡端正而秀麗，信尾還向湯姆、瓊斯、查理以及其他鄰居朋友問好。

星期五的黃昏，又有一個白髮蒼蒼的老人瓊斯，從一哩外來找亨利：「如果你太太在長途旅行後，不太疲倦的話，我想星期六晚上多邀請一些年輕人來你家，開個熱鬧的舞會。」

「別說一個週末，就算通宵，她也不會拒絕的呀！」亨利高興的說。

到了週末下午，一群年輕人和湯姆、瓊斯及另一個叫查理的老人，果然帶著鮮花、禮品、食物和樂器，興匆匆的來了。他們分頭把屋子裡布置得喜氣洋洋，然後演奏舞曲，快樂的唱歌、跳舞。

快九點了，亨利站在門口，不安的盯著遠方。由於過分緊張和期待，他的身體已經微微發抖，三個老友不斷敬他酒：「再乾一杯，亨利夫人就該到家了。」

時鐘「噹噹噹」敲了九下，喝了酒的亨利，臉色逐漸蒼白，聲音微弱的說：「我覺得不大舒服，我想躺一會兒。」

大家不斷安慰他，讓他躺在沙發上。他縮在那裡，以夢囈般的聲音，喃喃說道：「我剛才好像聽到馬蹄聲，是她回來了嗎？」

話還沒有說完，他就睡著了。三個老人合力把他抱進臥室，輕輕把房門關上，回到客廳裡收拾樂器與餐具，準備離去。

「你們不可以走哇！」我叫了起來：「她還沒有回來……」

三個人彼此看了一眼，瓊斯首先開口：「你是說他太太嗎？她早在十九年前就去世了。」

「死了？」我吃驚的張大嘴。

「是的，他們結婚才半年。有一次，他太太回娘家，在返家途中——一個星期六晚上，遇到印地安人突襲！從此以後，亨利的腦筋就生病了，尤其每年到了這個時候，病情就會惡化，所以我們會在三天前，輪流來這裡探問他太太什麼時候回

來？有沒有信來？到了星期六晚上，就來這裡集合開舞會，好像真的要迎接她回來。」

「我們已經這樣做了十九年了。在第一年，總共來了二十七個朋友，到如今；只剩下我們三個老人了。剛才我們在酒裡摻了安眠藥，幫助他今晚能夠入睡。只要過了今晚，到明年這個時候之前，一整年的時間，他都不會有問題的。哎！真是太不幸了，他們夫妻倆都是好人哪。」

故事留聲機

這個故事改寫自《一個加利福尼亞人的故事》，英文原名是〈奇談〉，意思是「不能完全相信的故事」。雖然整個故事是虛構的，卻很曲折感人，表現出濃厚的人情味和可貴的友情。

白象失蹤了

原著／美國．馬克吐溫

一頭送往英國王室當做禮物的泰國皇家白象，在運送途中失蹤了。護送白象的林加先生，緊張得幾乎發狂，連奔帶跑趕到警察局報案。

「別緊張，小伙子，我有話問你，你只管詳詳細細的告訴我。」著名的警長布倫，揮一揮手要林加坐下，態度十分鎮靜。

「白象叫什麼名字？」他慢條斯里的抽著雪茄，一副胸有成竹的模樣。

「巨無霸。」林加回答。

「身高？長相？特徵？」

「身高十九呎，身長從額頭到尾端二十六呎，鼻長十六呎，尾長六呎，包括鼻子和尾巴在內，全長四十八呎。牠的顏色是灰白的，腳印就像是一個桶子放在雪地上印下的痕跡。牠喜歡用鼻子捉弄人，尤其喜歡對著旁觀的人噴水。」

「牠喜歡吃什麼東西？根據經驗，有不少案件是因為研判出當事者的胃口而破案的。」警長說。

「啊！牠不管什麼都吃，吃人，也吃《聖經》。」

「請你說得清楚一點——牠每一頓，要吃多少人？新鮮不

新鮮？我的意思是，牠喜歡吃的人是年紀大還是年紀小的？」

「牠不管新鮮不新鮮。每一頓要吃五個普通人。」林加想了想回答。

「好。那麼牠一頓要吃幾部《聖經》？是精裝本，平裝本，還是家庭用的插圖本？」

「我想牠對插圖是不在乎的。牠是有多少吃多少。」

「除此之外，牠還吃些什麼？」

「喔，牠會丟開《聖經》吃磚頭，也會丟開磚頭吃瓶子；牠會丟開瓶子吃衣服，也會丟開衣服吃山貓；牠會丟開山貓吃洋芋，也會丟開洋芋吃大麥……總而言之，言而總之，除了歐洲的奶油，牠什麼都吃……。」

「夠了！夠了！牠喜歡喝什麼？」布倫警長拿著筆，在紙上沙沙的記錄。

「喔！除了歐洲的咖啡，凡是液體的東西，牛奶、汽水、汽油、樟腦油……什麼都喝。」

「好了。」警長滿意的點點頭，拿來白象的照片和特徵說明，吩咐小隊長哈克馬上印五萬份，寄到全國的偵緝隊和當鋪去；此外，又派出六十名幹練的警探，沿路搜查每一個可疑的地方。

「只要有任何一點可疑的線索，立刻用電報通知我。」布倫警長打了一個噴嚏，聲音之大，差點兒沒把林加坐的椅子給震倒。

三天以後，警察局的電報機開始答答的響起來了：

——已有線索。此地玻璃工廠失竊瓶子八百支，附近農場發現一連串很深的腳印。（貝克刑警）

——瓦斯公司營業部夜間被闖入，失去三個多月未付款的瓦斯帳單。想必是被吃掉的。（莫非刑警）

「天哪！」警長說，「牠連瓦斯帳單也吃嗎？」

「肚子餓了嘛，哪裡管得了那麼多？」林加先生皺著眉頭，苦哈哈的。

——格落華村的群眾正在開禁酒大會時，遭白象侵襲。白

象自蓄水池中吸水，將群眾沖散！（希朗刑警）

——半小時前白象經過此地，四處橫行，糧倉被毀，家畜被踩傷，收成被吃得一乾二淨！（巴克中心，二時零五分發）

——白象到過此地，全身貼滿馬戲團廣告，橫衝直撞，傷亡多人，但因受到村民反擊，負傷逃逸，沿路均留下顯著血跡。（慕尼刑警）

電報機答答答的響個不停，消息一條條傳過來，新港、新澤西、賓夕法尼亞、紐約市區、布魯克林……到處都有人發現白象的蹤跡，卻都沒有法子捉住牠。

白象失蹤兩個星期以後，懸賞的賞金已增加到二十萬元，還是沒有具體結果。漫畫家開始畫各式各樣的諷刺漫畫——譬如警察拿著小望眼鏡在全國各地做地氈式的搜查，白象卻在背後偷吃他們口袋裡的蘋果。

「讓他們嘲笑吧！誰最後笑，誰就笑得最痛快！」布倫警長那雙又大又紅充滿血絲的眼睛，極少顯露沮喪的神色，信心也絕不動搖。

大約過了三個星期，布倫警長得到情報，說帶著白象逃亡的，是一名叫做「好漢德飛」和一名叫做「紅毛麥登」的小子。於是，布倫警長寫了兩封信，派他的親信送給德飛和麥登的太太。

親愛的夫人，只要立刻聯絡到你的丈夫，你就可以賺到一筆鉅款，同時保證完全不受法律干擾。

布倫警長　親筆

一小時以後，警長收到兩封不客氣的回信：「你這個老糊塗，『好漢德飛』已經死了兩年了。」「瞎子傻瓜，『紅毛麥登』早就升天一年半了。除了你們以外，隨便哪個笨蛋都知道這件事情！」

這時電報機又答答的響起來了。

好消息！

——有一萬名老百姓志願參加圍捕行列，受傷的白象已被捕獲，請即刻到麥城圓頂地下室結案。

真是令人不敢相信的好消息！

林加先生和警長迫不及待的飛車趕赴現場。地下室又黑又暗，林加看見六十個警探，點著蠟燭在開香檳慶祝。大家握手、道賀，興高采烈。

「林先生，你的象在這兒哪！」他們高聲向他嚷著。

林加匆忙向前跑去，卻一下子絆倒了，倒在一個不知道什麼動物的肢體上。

可憐的白象，炮彈對牠造成致命傷害，已經死了。

故事留聲機

這個故事是馬克吐溫在一八八二年所寫的。在這之前，美國西部盛行著許多傳說。譬如：「巨人巴尼安做了一個很大的平底鍋，每當廚師用這個大鍋來做蛋餅時，都必須把臘肉的油塗在腳底下，然後在平底鍋上像溜冰一樣溜來溜去。」

這種誇大有趣的「吹牛故事」，原是鄉下人在單調日子裡的一種娛樂，到了一八三〇年，漸漸以文學的形式出現。馬克吐溫將這些傳說整理收集之後，寫成幽默風趣的小說。

鼻子的學問

原著／美國．愛倫坡

我有生以來的第一個動作，就是用兩隻手，握住自己的鼻子左邊、右邊用力拉了幾下。媽媽一看見這個舉動，就驚喜得叫我「天才」，爸爸也興奮得掉下眼淚，還為我的鼻子寫了一篇論文。

我的名字叫阿龍，有一個與眾不同的鼻子。讓我想想怎麼形容？嗯，又高，又挺，又光滑，簡直就像世界上最偉大雕刻家的作品——「完美無缺」。要知道，一個人只要有一個夠顯著的鼻子，就可以順著這個鼻子好好發展了。

「兒子啊！你生活在這個世界上，最大的目的是什麼呢？」有一天，爸爸問我。

「啊！我最大的目的就是研究鼻子這門學問。」

「很好！」爸爸一腳把我踢下樓梯：「希望你有所成就，離開家發展去吧！」

於是我決定遵循爸爸的吩咐，立刻寫了一本論鼻子學問的小冊子。

「天才！」「聰明人！」「偉大之至！」「深刻的思想家！」報章雜誌、學者專家，對我的這本冊子簡直讚美不已。

有一天，我走進一家畫室。正在工作的老畫家一見到我，

立刻拿起顯微鏡仔細打量我的鼻子：「天哪！這是我所見到過最『鬼斧神工』的一個鼻子，可以值一千鎊！」

老畫家當場就簽了一張支票給我，接著為我的鼻子畫了一張素描。我靈機一動，就把這張長鼻子畫像，和一本第九十九版的《鼻子學》寄給公主和王子。

公主和王子請我到宮裡吃晚餐，在座的「燉碎肉片」先生、「好喝的海魚」先生、「叮叮噹噹多嘴」先生，各自談他們了不起的學問。至於我，當然談的是我自己的鼻子了。

「一個驚人聰明的人！」「值得驕傲的鼻子！」當大家全都這麼誇獎讚美的時候，來自德國的貴族布魯登居然不屑的大喊了一句：「在我看來，不過是一座挖了兩個洞的模型塔！」

「先生！你簡直是個狒狒！」我怒目而視，這簡直是一個天大侮辱。

「阿龍先生，」布魯登想了一想，回答道：「咱們定個日子決鬥吧！」

已經沒有第二條路走了，我們約定第二天一早到石灰田見面。我一槍就把他的鼻子給射下來了！

「大蠢驢！」「呆子！」「豬！」每一個朋友見到我都這麼叫罵。

這是怎麼回事？

「我的兒子，這還是鼻子的學問哪！」爸爸嘆著氣說：

「不錯，你生了一個好鼻子，這是事實，可是，從今以後，布魯登不是連鼻子都沒有了嗎？這下你可就糟了，因為在我們佛姆城，一個沒有鼻子的人，可就變成時下最惹人注目的英雄了！」

認識大文豪

愛倫坡是美國最有名的小說家之一，也是現代推理小說的「開山鼻祖」，生於一八〇九年，死於一八四九年，因酗酒過度而結束他潦倒的一生。

愛倫坡也是「恐怖故事大師」，他的恐怖故事頻被改編、拍攝為電影和電視影集，包括〈黑貓〉、〈告密的心〉和〈烏鴉〉等。

雷雲天使

原著／美國．伯納德．瑪拉末

裁縫曼尼斯在五十一歲那年，交上壞運氣。先是遇到火災，家裡燒得精光，接著，兒子戰死沙場的消息傳來。這還不算，他的女兒竟在這時連招呼都不打一聲，就結了婚，從此斷了音訊，失去蹤跡。

房子失火以後，曼尼斯只得到洗衣店去做燙衣服的工作。可是不幸的是，自從火災以後，他就患上嚴重的背痛，每天燙衣服不能超過一個小時，收入自然很微薄。

更糟糕的是，他的太太芬妮，又在這個時候得了嚴重的動脈硬化症，健康一天比一天壞下去，看著是沒希望復元了。

火災，兒子戰死，女兒不告而別，老妻病重，自己年老無依；曼尼斯真不敢相信，這些災難會降臨在一個人的頭上——而且這個人就是他自己。

「上帝呀！我受這種折磨是罪有應得的嗎？請幫助我吧！至少，請恢復芬妮的健康吧！至於我自己，只要減輕一點背痛，就心滿意足了！」曼尼斯住進一棟廉價公寓裡，設備非常簡陋，家具更是少得不能再少，除了一張桌子、幾張椅子外，就只有一個冰箱和一張搖搖欲墜的舊床。

芬妮躺在臥室的床上喘著氣。他呢，就坐在椅子上，在微

弱的燈光下——祈禱——帶著一半抱怨、一半謙恭的口吻。

忽然之間，他覺得好像有人進了房子裡；但奇怪的是，他不記得聽見開門的聲音。他從臥室走到客廳查看，不禁大吃一驚，因為真的有一個人，倚桌而坐，正讀著他剛才摺好的報紙。

「你是誰？來這裡幹什麼？」他有點慌張的問。

「您好？」那個人——他定神一看，是個黑人——正抬起頭來，和顏悅色的看著他。

黑人的骨骼魁梧，頭很大，腳也很大，穿著一套很不合身的黑西裝，露出的襯衫袖口也已經磨破了。

「你究竟是誰？」曼尼斯不安的問。

「我叫雷雲。」雷雲把帽子脫下，露出了黑白相間的頭髮，但馬上又把帽子戴好。他說：「我最近化身成了天使，如果有什麼需要，我願意幫忙。」

「你究竟是什麼天使？」曼尼斯嚴肅的問。

「上帝的親善天使。」雷雲眼睛低垂，有點抱歉似的說：「不過，權力有限，還沒有修成正果。」

「那麼你的翅膀呢？」曼尼斯相信天使是長了翅膀的。

黑人滿臉通紅，顯然沒有。

「如果你真是個天使，拿出證據來。」曼尼斯有點不高興。

雷雲以舌頭潤了潤嘴唇，有點尷尬的樣子：「老實說，我現在還在實習期間，並無奇蹟的能力。至於實習期間會延續多久，我也不知道。」

「不過，」雷雲好像很了解他的想法似的，「聽說你和尊夫人身體都不大好，需要幫忙……」

「好吧，就算是上帝派遣天使來幫助我，為什麼一定要派黑天使？天堂裡很多白天使為什麼不來？」曼尼斯是白種人。

「剛巧輪到我就是了。」雷雲這麼解釋：「好了，曼尼斯先生，如果你需要我幫忙的話，可以到哈林區來找我。不要懷疑這個、懷疑那個的。」

說完後，人就不見了。

經過一段時間的猶疑和考慮，曼尼斯決定到哈林區去試一試。他背痛的毛病愈來愈嚴重，芬妮的病勢也愈加危險了。試試總沒有壞處。

哈林區面積廣大而燈色昏暗，他策著枴杖，挨門挨戶的詢問，終於，在一家酒吧間找到那個自稱天使的雷雲先生。只是，怎麼可能呢？雷雲居然在和一個女人跳著舞，而且模樣比上回更邋遢。臉上長滿了密密麻麻的鬍子，鞋和褲腳沾滿了泥濘。雷雲好像也看見了他，對他眨眼睛做鬼臉。他很生氣，覺得受騙了，決定打道回府。

當天下午他作了個夢，夢見雷雲在一面鏡子前面，修飾他翅膀上細小發光的羽毛。「說不定他真是個天使。」

曼尼斯決定再乘火車去哈林區找雷雲。這實在是無可奈何的一個辦法。

「雷雲先生，我來了。」他到了酒吧，很困難的說出自己極不願說的話：「雷雲先生，我相信你是上帝派來的天使……。」

「好吧，請稍候，我一會兒就出來……」喝了酒的雷雲，這次已經換了原本那套舊衣服，穿著格子西裝，戴灰色禮帽，口啣雪茄，鞋子也換了新的，看不出是個真天使還是個假天使。

他們一起離開。到了曼尼斯家門口，雷雲說：「我不進去了，事情已經辦好了。」

這麼快就辦好了？曼尼斯不相信，也爲了好奇心驅使，他跟著雷雲走進一棟大樓。雷雲愈走愈快，接著，他聽到一種奇怪的聲音，好像是鳥類振翼而飛。他從窗口望出去，睜眼一看，一點不錯，確是一個黑色的人體，展開一雙龐大黑色的翅膀飛去！他趕快跑回家，一進門，他看見太太芬妮已經起床了，正在勤快的打掃，床底下的灰塵和牆壁上的蜘蛛網都被掃得乾乾淨淨。

認識大文豪

伯納德．瑪拉末是個猶太人，一九一四年生於美國紐約，是第二次大戰後美國代表作家之一。他擅長描寫平凡的小人物與寫實的生活，很能引起讀者共鳴。本篇以及下兩篇故事，都是改寫自瑪拉末短篇小說集《魔桶》。

借錢

原著／美國．伯納德．瑪拉末

李乙是一家麵包店的老闆，他做的麵包，色、香、味俱全，往往麵包還沒有出爐，客人已經排隊等著買了。

這天，麵包店裡來了一個陌生人，身材瘦弱，戴著帽子，面貌平凡，擠在一堆熟客裡面，老闆李乙的太太伯絲，一眼就看見了他。雖然從外表看，這個人毫無惡意，但是她卻直覺的起了戒心。

伯絲以眼色向他示意，問他要什麼。陌生人只是謙卑的點了點頭，意思是他不在乎多等。

「我叫高寶，請問，李乙在不在？」客人走得差不多了，陌生人才向前詢問。

「你是他什麼人？」

「他的老朋友。」這更令伯絲提心吊膽了。

「你從哪兒來？」

「我四海為家。」

李乙在麵包房聽見聲音，趕快跑出來，襯衫都沒有穿上，肥大而紅潤的胳臂，沾滿了麵粉，頭上戴著的，不是帽子，而是一個黃牛皮紙袋，也沾滿了麵粉。總而言之，他渾身粉白，連老花眼鏡也撲上了一層白粉。

「高寶！」李乙叫著，高興得幾乎哭了。一看到高寶，他就想起多年前的往事，那時他倆多麼年輕啊！還在同一家夜校讀書呢！

「到裡面談吧！」李乙說。

到了廚房，高寶垂著肩，坐在一張高凳上。他的帽子和黑大衣仍沒有脫去，雙手僵直，露著青筋，呆呆的放在兩條瘦腿上。李乙就坐在一個麵粉袋上，透過老花眼鏡，看著老朋友。

伯絲想聽他們倆到底談些什麼，拿著抹布，不耐煩的抹來抹去，直到有客人上門，才氣呼呼的跑出去。

「李乙……」高寶深深的吸著新烤麵包的香味，終於說出了來探望老朋友的目的，「我想向你借兩百塊錢！」

李乙聽了，身子向麵粉袋一沉，猜得果然不錯。十五年前，高寶也向他借過一百塊錢，照他自己說是還了，但李乙記得沒有。就為了這件事，兩人絕了交。他嘆了口氣，原諒他吧！何必記著舊帳呢？高寶從前是個皮匠，後來患了關節炎，失了業，窮得一文不名，也是很可憐的。

「我沒問題，但她，我所有的錢都是她在管。」李乙指的是太太伯絲。李乙拿起掃帚，在房內胡亂打掃了一陣，弄得白粉飛揚。

不久，伯絲氣喘吁吁的跑了回來，把他們兩人從頭到腳打量一番，就一語不發，守著他們。

「伯絲，」李乙總算說話了，「這位是我的老朋友。」

伯絲神態莊嚴的點了點頭。高寶斯基脫下帽子。

「我小時候，他媽媽常照顧我。我移民到這裡來時，他也幫了我好幾年的忙。他的太太多娜，哎，人真好，哪一天你們真該認識認識！」

「現在，她病了，醫生說要動手術，費用得要兩百塊錢，我答應了高寶……」

話還沒說完，伯絲已經叫了起來。她的臉像麵包心一樣蒼白：「我很同情你太太的境遇，可是沒有辦法幫助你，我們是窮人家，實在有心無力……」

「沒有這回事！」李乙氣惱的說。

「你看這是什麼東西？」伯絲走到一個架子前面，一手取下存放帳單的盒子，把帳單倒在檯上。

「別再說了！」

這時前面店鋪砰砰的響個不停，客人來了，伯絲只好出去招呼他們。李乙不久也跟著出去，在伯絲耳邊不斷說著話，不一會兒，兩人就大聲吵了起來。

他們進來時，還在吵著。高寶站起身來說：「你們別再吵了，我馬上走就是。」

高寶嘆著氣說：「我看我還是把話說了吧。李乙，不錯，我是為了多娜來借錢的，但不是給她看病。她已經死了。」

李乙「哎喲」一聲叫了出來，伯絲也蒼白著臉。

「不是最近死的。」他心平氣和的說：「是五年前的事了。我跟你借錢的原因，是想給多娜買一塊墓碑，我一直買不起。下個星期是她逝世五周年的忌日。每年我總是對她說：『今年我一定給你買塊墓碑。』但是話說了五年，都沒有兌現，我心裡一直覺得很羞愧。」

李乙為了老朋友的遭遇，難過得眼淚奪眶而出，伯絲也感動得流下淚來。可是對於借錢這件事，她一點也不肯讓步。

高寶戴上帽子，和李乙互相擁抱。告別了老朋友，他一毛錢也沒借到。

暑期進修計畫

原著／美國．伯納德．瑪拉末

維治因為對讀書失去耐性，一時衝動之下，中學還沒有念完，就自動退學了。

退了學，他打算找份工作，可是每個雇主都問他高中念完了沒有，也許還不具工作的資格吧，他只好失業在家。

維治的媽媽已經過世了，爸爸在魚市場工作，姊姊蘇菲在一家自助餐聽上班，家境可說清寒，自然沒有多餘的錢供給他花用。想起自己半途而廢的學業，他多少覺得慚愧，就興起讀暑期班的念頭。十六歲，年紀似乎大了些，想想，還是算了；讀夜校呢？功課上又得處處受老師約束，他本來就不愛讀書，三心兩意一番，最後還是決定待在家裡。

他家在一間肉店的樓上，靠近鐵路。一共五個房間，除非屋子裡淩亂得難以忍受，他絕不會清理。

爸爸和姊姊白天上班，沒有人會管他。上午，大部分時間就坐在房間裡發呆，下午，不是收聽收音機的球賽新聞，就是把一本《世界年鑑》翻出來，讀了又讀，再不然，就是看他姊姊從餐廳裡帶回來的畫報、雜誌，日子過得可真無聊。

有一天，蘇菲問他整天躲在房間裡做些什麼事？他的回答是「讀書」。

「除了我帶回來的以外，你還讀了些什麼？你究竟讀過什麼有價值的書沒有？」

「讀了一些。」維治說了謊，其實他哪裡有讀書的興趣和心情？

一天晚上，當維治照例在離家不遠的街道上閒蕩的時候，碰見了對街的鄰居譚先生。這位譚先生是地下火車站的賣票員，在維治小時候，譚先生經常給他零錢買檸檬冰吃。

「維治，這個暑假你打算做些什麼？」譚先生對他仍然很關心：「我常常看見你晚上在這裡走來走去。」

「我喜歡散散步。」維治有些不好意思。

「那麼白天你做些什麼呢？」

為了不讓人覺得他遊手好閒，他說了一個美麗的謊：「我在家裡自修……我從圖書館拿了一張書單，這個暑假正好用得著。」

「有多少本書？」譚先生很感興趣。

「大概一百本左右吧？」他勉強裝出笑臉：「如果我把這些書看完，一定會有不少進步的。」

「等你讀得差不多了，我們一起聊一聊怎麼樣？」這位譚先生，也是很喜歡閱讀的人。

這次談話過後，維治也曾一時衝動想改變生活方式，衝動過後，他還是照常作他的白日夢。

可是，街坊鄰居卻對他明顯的友善起來了，甚至他的爸爸和姊姊，也有意無意的表示出他們對他的「自修計畫」感到驕傲。

原來是譚先生傳出了他們那天的談話。

暑假一天一天的過去，他照常躲在房間裡聽球賽，看消遣雜誌，或者輕輕鬆鬆的用蘇菲破例給他的零用錢買香菸抽、買啤酒喝或看場電影。誰會知道真相呢？他想。

「維治，你的書讀得怎樣了？」這天，他無意間在路上又遇見譚先生。

「還好。」他臉上熱刺刺的，緊張得呼吸都急促了。

「隨便說一本我們可以談談的書吧？如果是好書，說不定我也要去找來讀讀看。」

答不出來，維治漲紅了臉站在那裡。

「留著買檸檬冰吃。」譚先生從褲袋裡掏出五分錢給他：「孩子，別犯了以前我所犯的錯誤啊！」譚先生的表情很特別。

第二天開始，他嚇得不敢離開自己的家門。現在，每個人一定都知道他是個說謊的人了，多麼羞恥啊！

直到很多天以後，他才敢悄悄上街買東西。他低下頭走路，想避過任何熟人；後來，他才知道這種顧慮是多餘的，大家對他友善如故。譚先生好像什麼也沒說。

一個秋天的晚上，維治從家裡出來，跑到他多年沒有去過的圖書館，奮力壓抑內心的激動，挑選了一百本書，真正開始他的自修計畫。

聖誕禮物

原著／美國‧歐‧亨利

黛拉把一頭長髮垂放下來，啊，好美好美啊！波光盪漾，粼粼閃爍的棕色小瀑布！長髮垂到黛拉的膝蓋下，彷彿披著一件高貴的外衣。黛拉迅速盤起長髮，一滴滴淚珠，忍不住滾落在破舊的紅地毯上。

她含淚來到一家美髮院前，老闆娘索芬蘿妮微笑的看著這位長髮美女。

「您要買我的頭髮嗎？」黛拉問。

「把您的帽子摘下來，讓我看看。」

美麗的棕色長髮，瀑布似的傾瀉而下。

老闆娘用熟練的手法，一把撈起黛拉美麗的長髮，十分滿意的說：「我出價二十元。」

「您就趕緊把錢給我吧！」黛拉一口答應。

明天就是聖誕節了，好幾個月以來，她想盡了辦法攢錢，結果手邊只攢了一元八角七分可以替吉姆買聖誕禮物。他們是一對窮夫妻，租了一間老舊公寓的破房間，生活開支一直都超過預算。

她多麼想為吉姆準備一樣好禮物啊！

這對夫妻擁有兩件引以為傲的財富。一件是吉姆祖父和父親傳下來的金錶，另一件就是黛拉美如天仙般的長髮。

為了吉姆的禮物，黛拉賣了珍貴的長髮，走遍商店。她想為丈夫吉姆買一件稀罕的，漂亮的錶鏈——否則，用一條舊皮帶繫著這只紀念名錶，顯得多麼寒酸、不入眼啊！

買了禮物回家以後，黛拉取出捲髮鉗，開始修補為了愛情而造成的頭髮損失。花了四十分鐘時間，頭頂上罩滿小小的髮捲，使她看來像個逃學的頑童。

「上帝啊！求求您！讓吉姆覺得我還是很漂亮啊！」黛拉默默的禱告著。

七點，咖啡煮好了，煎鍋在爐上，正準備煎牛排。黛拉把錶鏈摺成兩節握在手裡，靜靜坐在門邊的桌角等待吉姆。

不久，她聽到樓下的腳步聲了，她的臉色一瞬間蒼白：

「上帝啊！求求您！讓吉姆覺得我仍然很漂亮啊！」

吉姆進門了，雙眼注視著黛拉，一動不動的僵住了！他臉上的表情，不是生氣、驚訝，也不是不悅或驚嚇，而是一副說不出來的複雜表情，目不轉睛的看著黛拉。

「吉姆，不要那樣看我！我……我把頭髮剪了，賣了！我總不能過聖誕節沒替你買禮物哇。頭髮很快再長出來的！跟我說『聖誕快樂』！你不知道我給你買了多漂亮的禮物呢！」

「你把頭髮剪了？」吉姆十分愚蠢的問道，一邊好奇的打量屋裡。

「不用找啦！」黛拉說：「我把它賣了。我的頭髮是為你剪的，也許我頭上的頭髮可以算得出來，可是我對你的愛是無法衡量的。」

吉姆似乎恍然大悟，他緊緊的抱住黛拉。

吉姆這時也從大衣口袋裡拿出一包禮物，放到桌上。

「黛拉，不要錯怪我，」他說，「無論你頭髮怎麼改變，都不會影響我對妳的愛，可是如果妳打開這包禮物，就會明白先前為什麼會把我給愣住了。」

白皙的手指靈巧的把繩子和包裝紙打開，接著是黛拉高興的狂叫聲，然後，啊呀！很快變成歇斯底里的哭泣和哀號。她立刻需要一家之主使盡全力給她最大的安慰。

包裝紙裡是一套梳子，它擺在百老匯櫥窗裡，無論側面和

背面，長久以來，都是黛拉欣賞、愛慕的款式。這是一把十分漂亮的梳子，純由玳瑁做成的，鑲上珠寶，正好和美麗光亮的頭髮相得益彰。她清楚這梳子相當昂貴，心中只是一直渴望、思慕著，一點兒也不敢奢望擁有……

現在，黛拉把梳子抱在胸前，淚眼汪汪的微笑著說：「吉姆，我的頭髮會很快就留長的！」

黛拉忽然像一隻燙傷的小貓似的跳了起來，叫道：「哦！哦！」吉姆還沒有看到黛拉為他準備的禮物啊！黛拉熱切的送上禮物。

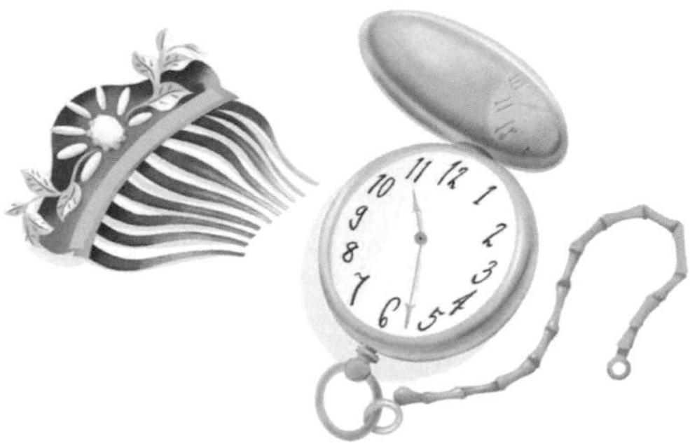

「吉姆，這個禮物很漂亮吧？是我找遍了整個市區才找到的。你現在一天可以看一百次時間啦！把你的錶拿出來，我看看它們搭配起來好不好看？」

吉姆沒聽她的話，反而一骨碌坐到躺椅上。他把雙手擱在腦後笑了起來。

「黛拉，」吉姆說，「我們把聖誕禮物擱在一邊，暫時收起來。它們太漂亮了，目前還派不上用場。我把錶賣了，得了錢買了梳子給你。我們來吃晚餐吧。」

認識大文豪

歐・亨利（一八六二年—一九一〇年），原名威廉・西德尼・波特，美國現代短篇小說之父。年輕時，當過藥房學徒、會計、新聞記者、銀行出納員。當銀行行員時挪用公款被判刑入獄。獲釋後還居紐約，開始創作生涯，正式使用「歐・亨利」這個筆名。

他的代表作有《白菜與國王》、《四百萬》、《命運之路》等。名篇包括〈愛的犧牲〉、〈帶家具出租的房間〉等等，以及本書所選的〈聖誕禮物〉（原名〈麥琪的禮物〉）、〈最後一片葉子〉。

歐・亨利擅長寫社會底層小人物，他的短篇小說特色是構思新穎、語言詼諧、擅長使用雙關語，結尾往往「出乎意料之外而又合乎情理之內」，也就是著名的「歐・亨利式結尾」。

最後一片葉子

原著／美國・歐・亨利

「蘇」和「嬌西」是一對好朋友，她們的畫室位在紐約古老的格林威治村一棟三樓磚房的頂樓。兩人分別來自美國的緬因州和加州，是在第八街的「德國拉墨西哥妮可餐廳」吃客飯時認識的。

蘇和嬌西一見如故，尤其是對藝術、菊苣沙拉和斗篷衣袖的愛好十分一致，相談甚歡之餘，兩人決定合租一間畫室，生活在一起。

愉快的相處了一段時間，一切相安無事，到了十一月，意外卻出現了，一場肺炎襲擊了纖弱的嬌西，她病倒了，幾乎不能動彈的躺在床上。

醫生看診之後，對蘇說：「你這位朋友啊！只有十分之一存活的機會！而且還得靠她本人有活下去的意志才行。可是她似乎認定自己好不了。她有什麼心事嗎？」

嬌西躺在床上，面對窗口，眼睛睜得大大的，看著窗外倒數：「十二、十一、十、九、八、七、六……」

她憂鬱的望著窗外，是在數什麼呢？那兒只有光禿禿、一片淒涼的庭院和一面空牆罷了。

嬌西說：「三天前幾乎還有一百片葉子，現在葉子只落剩五片了……等最後一片葉子掉下來，也該是我離開這個世界的時候了……我累了，也懶得想了，我該把緊握的每一件事都放鬆，然後像那些可憐、疲憊的葉子一般，飄落下來……」

「哎呀！你這種想法太荒唐了！老長春藤跟你的復原有什麼關係？你這個頑皮的女孩，你一向多麼喜歡長春藤啊，快別那麼傻呀！」蘇趕緊勸阻。

同棟一樓住著一個老畫家伯曼，已經六十多歲了，揮筆四十年，卻連藝術女神的長袍邊兒都沒沾上，完全沒有突出的藝術表現，堪稱是個標準的「魯蛇」。然而他是個堅韌直率的小老頭兒，平日老是譏笑別人的軟弱，還自稱是樓上兩個年輕柔弱女畫家的特別保鑣呢。

蘇把嬌西的悲觀以及自己對室友病情的擔心告訴了伯曼。

「什麼?世界上真有這麼傻，只為一片葉子從藤蔓掉落，就要跟著去死的人嗎?你為什麼允許這種想法進入她的腦袋?真是可憐的小嬌西!」

第二天早上，嬌西眼睛睜得大大的，呆滯的凝視著屋內拉下來的綠色窗簾。「把窗簾拉起來吧!我想看看窗外。」她低聲懇求。

看哪，儘管夜雨和強風不停的吹襲和打擊，磚牆上仍有最後一片長春藤的綠葉，頑強的掛在離地二十呎的枝幹上!

「這是最後一片葉子，」嬌西說，「我相信葉片到了晚上一定會掉落的。我聽到風聲，葉子今天會掉落，我也會同時死

去……」嬌西悲觀的為自己下了結論。

白夜慢慢消失，即使在黃昏微暗中，她們還看得見那片孤寂的葉子，葉柄攀附在磚牆上。黑夜來臨，北風再度颳起，雨水仍然打在窗上，從低矮的屋簷上淅瀝淅瀝的落下來……

天剛亮，嬌西就要求把窗簾拉起來。

長春藤的葉子還高掛在那兒！嬌西躺在床上，注視它良久良久。

「蘇蘇，一定有什麼東西讓那片葉子留在那兒，讓我知道自己多麼差勁。我真是個糟糕，不努力活著，實在是罪過啊！現在你可以讓我喝雞湯和加一點點葡萄酒的牛奶了。」

過了一小時，嬌西又對蘇蘇說：「我們找一天，去畫那不勒斯海灣……」

那天下午，醫生來了，離開的時候，在走廊遇到蘇蘇，他對蘇蘇說：「我現在要去樓下看個病人，他叫伯曼，是一個瘦弱的老人，急性發病，已經沒有希望了。」

第二天下午，嬌西躺在床上，滿意的編織一條深藍的羊毛披肩，蘇蘇走到她床邊，抱住她說：「我有事告訴你！」

「伯曼先生今天因為肺炎在醫院病逝了。他只病了兩天。第一天早上，門房在樓下房間裡發現他痛苦無助。他的鞋子、衣服全都濕透，而且全身冰冰冷冷的。大家簡直猜不透，在風雨交加的可怕夜晚，他到底上哪兒去了！」

「後來人們發現他的燈仍是點亮的，梯子卻移到一旁，還有一些散落的畫筆，以及混著綠色、黃色的調色板。親愛的，你現在瞧瞧窗外牆上的最後一片長春藤葉子吧！那片葉子，在風雨中為什麼從不飄搖或移動？」

啊！原來那片葉子是畫家畫上去的！

當最後一片葉子掉落的那天晚上，伯曼就把它畫上去了。

那是一片象徵「生命」和「希望」的葉子啊！

仁慈的賈利克

原著／不詳

賈利克是英國的舞臺演員，以演出莎士比亞戲劇而聞名。

有一年，他到英國北部的鄉間旅行，不巧，馬車開到一個小城鎮的途中，因車軸折斷而停駛待修。

下了車，賈利克走進城裡一家咖啡室休息，隨手拿起一份當天的本地報紙瀏覽。無意中，在一個巡迴劇團的廣告上，看見自己鐵定當晚在這個城的劇院裡，演出《威尼斯商人》的消息。廣告上還說，劇團團長是賈利克的好朋友，特地商情把他從倫敦請來，演出劇中「猶太商人夏洛克」的角色呢！

「賈利克真是全英國家喻戶曉的名演員啊！你的運氣不錯，何不一飽眼福？」

咖啡室的老闆興匆匆的告訴這個來自異地的旅客說，不僅城裡城外，連距此地十幾哩外的人，都知道賈利克要來演出的消息，不但紛紛走告，還搶著買票呢！

「好一個無恥的騙局！」賈利克非常生氣，沒想到

竟有人冒充他的名字來做這壞勾當。

賈利克按著報紙廣告提供的線索，找到了巡迴劇團團長。團長是一個中年瘦子，深陷的眼眶顯出憂鬱和疲倦。在他身邊，還有六個衣衫襤褸的孩子和一個愁容滿面的婦人，正對著一鍋沒有去皮的馬鈴薯和黑麵包狼吞虎嚥；另外一個老人，大概是團長的父親吧？躺在床上呻吟，看來是病得很嚴重了。

「你是這個巡迴劇團的負責人嗎？報上的廣告是你登的嗎？」賈利克直截了當的質問。

劇團團長看見面前這個陌生人，衣冠楚楚，風度高雅而面容嚴肅，不禁嚇得面色蒼白，停了好一會兒，才顫抖著聲音說：「先生，我們一家大小，貧病交迫，實在沒有法子可想……。」

「你有沒有想到，如果觀眾中有人認識賈利克，把你的騙局拆穿了，你怎麼收場呢？」

劇團團長流著冷汗說：「我想，這麼偏遠的小城市，恐怕沒有人會認識他的！」他跪在地上，握住賈利克的手：「求求你，先生，千萬別讓我陷入絕境！」

賈利克把他扶起來，內心充滿了同情和憐憫：「我就是賈利克本人。你總算運氣，今天晚上，就由我自己來演夏洛克這個角色吧！」

的確，當地有些人是在倫敦看過賈利克的。當他離開旅館走上街，很快就被認出來，而且立刻傳遍了整個城市。

上演之前，劇場所有的票都賣光了，而賈利克的演技因為被仁慈心激動，演出格外精采。

劇終，賈利克換上便服，出現在觀眾面前，把這件巧合的事向觀眾簡單說明，除了譴責劇團團長說謊，也請求大家伸出援手幫助這家不幸的人。一時間，觀眾紛紛慷慨解囊，可憐的劇團團長一家人，也感激涕零的站在舞臺上表示歉意和謝意。

賈利克離開劇院，登上修好的馬車，在深濃的暮色中，離開了那個不知名的小城鎮。

國王與蒼蠅

原著／不詳

蘇丹國王有個特別的習慣，就是每當沉思一件事情的時候，就把自己關進一間綠色的房間裡，躺在沙發長椅上，閉上眼睛。這時候，他不允許任何一點聲音存在——尤其是蒼蠅嗡嗡叫的聲音，來擾亂他的思緒。

龐士司的工作就是手裡拿著蒼蠅拍，專門替蘇丹王趕蒼蠅。

這一天，蘇丹王又躺在綠色房間的沙發椅上沉思。不巧的

是，一隻綠頭蒼蠅闖了進來，不但亂竄，而且像大黃蜂一樣，發出討厭的「嗡嗡嗡嗡」噪音。

國王睜開了眼睛，很不高興的對龐士司說：「你怎麼搞的？房間裡都是蒼蠅，教我怎能專心想事情？」

「是，是，陛下，奴才該死！」龐士司誠惶誠恐的彎著腰：「這裡只有一隻蒼蠅，奴才馬上就把牠打死。」

國王向擺著各種山珍海味的餐桌上瞥了一眼，順手拿起桌上的金沙漏倒轉過來：「在沙子流完之前，把蒼蠅打死，不然就要你的命！」

金沙漏是用來計算國王對大臣講話的時間的，所有的沙子通過玻璃管，只有四分鐘的時間。

許多人都羨慕龐土司，說他幹的是一件舒服的差事，只不過替國王趕趕蒼蠅而已；事實上，又如何呢？

綠房間裡有七張長桌子，上面擺著無數珍貴小巧的藝術品，加上各式各樣的壁燈、兵器和雕像，都是蒼蠅躲藏的好地方。

剛開始，蒼蠅在窗子上撞了兩三次，龐土司剛潛行過去，蒼蠅就飛走了；過一會兒，蒼蠅停在桌角上，好像很得意的樣子，猛搓著腳。龐土司用力一揮，差點絆倒。蒼蠅沒被打中，卻更狂妄的不停鳴叫，像個瘋子。

蒼蠅雖然是個渺小的東西，沒有思考能力，卻的確很要命。沙漏裡的沙已經流到一半了，龐土司卻仍舊繼續那個沒好

結果的追逐，自己就像隻沒頭蒼蠅，漫無目標的揮舞著蒼蠅拍。

這下，蒼蠅竟停在國王的肩膀上了！

龐士司絕望的呆立著，連瓷器、雕像都不能亂打，何況國王的肩膀！

「要是我非死不可，那麼國王也得死！他實在太不講道理了！」

俗話說得好，「狗急跳牆」，被蒼蠅惹得火冒三丈的龐士司，追根究柢，把帳算到國王頭上。

他輕輕向國王走過去。這時候蒼蠅重新飛了起來，轉了半個圈，先停在國王的右膝蓋上，最後，停在國王的額頭上。龐土司一不做二不休，先打蒼蠅，「啪」，中了！再用雙手迅速而著實的按住國王的項頸……。

「你要勒死我嗎？」打蒼蠅的同時，國王睜開眼睛，馬上明白將要發生什麼事了。

「陛下，我要勒死你！因為我爲了一隻小蒼蠅而該死。」龐土司點點頭說。

「為了一隻小蒼蠅而已！」愛沉思的國王嚇了一跳，突然想通了什麼似的，便很冷靜的說：「我們來

結束這件事。我現在再把沙漏倒過來，然後你盡快的跑，時間一到，我就派警衛來追你，追不到就赦你的死罪！」

有活命的機會，這當然好。龐士司立刻衝出綠房間，奔下臺階，經過天井，穿過大門，很快跑進城市的狹巷裡。所有看見他的人，都以為他是在為國王緊急傳令。

沙漏已經漏到了底，國王並沒有召警衛來。

國家圖書館出版品預行編目（CIP）資料

大文豪故事集 / 桂文亞作 ; 陳亭亭繪畫 . -- 初版 . --
新北市 : 遠足文化事業股份有限公司字畝文化出版 :
遠足文化事業股份有限公司發行 , 2021.10
面； 公分
ISBN 978-986-0784-64-0（平裝）
813.7 110014558

【早安！經典】

大文豪故事集

作　者：桂文亞
插　畫：陳亭亭／Tingting

字畝文化創意有限公司
社長兼總編輯：馮季眉
主　編：許雅筑
編　輯：戴鈺娟、陳心方、李培如
封面設計：Bianco
內頁設計：張簡至真

出　版：字畝文化創意有限公司
發　行：遠足文化事業股份有限公司（讀書共和國出版集團）
地　址：231 新北市新店區民權路 108-2 號 9 樓
電　話：(02)2218-1417
傳　真：(02)8667-1065
客服信箱：service@bookrep.com.tw
網路書店：www.bookrep.com.tw
團體訂購請洽業務部 (02) 2218-1417 分機 1124

法律顧問：華洋法律事務所　蘇文生律師
印　製：中原造像股份有限公司

2021 年 10 月　初版一刷　定價：320 元
2023 年 8 月　初版二刷
ISBN 978-986-0784-64-0　書號：XBSY0028